母樹

吉田博子

思潮社

母樹

吉田博子

思潮社

母樹

吉田博子

目次

装幀＝思潮社装幀室

母樹

I

小さな蜂と

えんどうの長くひとかたまりに伸びた茎
その中に　小さな蜂が二匹住んでいて
えんどうの莢をとるわたしの手を
おそれもせずじっとしている
夫婦だろうか
種を植え　芽がでて　蔓がでる
それに棒を立て
糸でちょっとしばったりして
その間　土の上で遊んでいたり

静かに止まっている
やがて森のようなかたまりになって
えんどうが風になびく
隠れるようにえんどうの茎の
空間を飛びまわっている
ずっと住む家族のように
話しかけてきた小さな蜂に
おまえ達の小宇宙が
狭いえんどうの茎の空間でしかなくても
大切に過ごしてきた時がある
絆がある
種《しゅ》は違ってもわたしは蜂に語りかけ
ずっと見守ってきた
太陽と雨と適した栄養と

はぐくみ愛することと風
えんどうの群生に吹き込む風は
暖かさも運んでくれたにちがいない
小宇宙に時を紡いで
新たな世代を継いでゆくのだね

トゲ

皿の上に　焼かれた鯵
おまえも　しっぽの近くに
トゲをもっとるんじゃなぁ
朝　庭を掃きょぉたら
山椒の木が緑の新芽を出しとる
よお見たら
おまえ　身体中にこわい程のトゲを
生やしとるんじゃなぁ

その隣に植わっとる薔薇よ
おまえもするどいトゲを生やしとる
なにが恐《こお》ぅて
そんなに自身を守ろうとしょぉるん？
トゲは外にむいて生やしとるからえんで
もしか内側にむけて生えたら
えらいこっちゃ
自分自身を傷つけてしまうことになるもんなぁ
外の世にむけてトゲを生やしとることは
必要なんじゃろう
じゃけど
しまいに自分の内にむけて
トゲをつきたてたら
えらいことじゃけん

おまえ
神さまが教えてくれとるわなぁ
きっと　きっと
強く生きてゆけえよぉ　思うて
トゲをくれたんじゃろう
わたしゃあ
自分のなかにトゲをもっとる
ふと　心が空《くう》になった折がこえんじゃ
トゲを自分に刺したら
血が滲むようにひろがって
どうしようものうなる
自分をのうなしたら
どうしようもないもんなぁ
ふいに

自分にむけられたトゲ
血が流れるままじゃ

心を病んだ孫に

朝　芙蓉の葉に青色の幼虫がいた
私はただ見つめるだけ
そしてその下の土に蟬が落ちていた
せめてアリンゴに集《たか》られないようにと
芙蓉の大きめの葉の上に乗せた
黄色の病葉を見る
小さい虫に食べ　つくされた
紫式部の葉
蜘蛛も糸をかけその葉をぐるぐる巻きにしている

病み傷んだものはとても静かだ
そおっと　ふわあっと置いておかなければ
すぐにこの世から消えてしまいそうで
怖い
芙蓉の上の幼虫に語りかける
芙蓉の葉はおいしいかい
おまえの居場所は快適かい
広くて大きな芙蓉の葉の上は
優しいお母さんのように包んでくれるかな
おまえと私は
虫と人間
だけどその垣根を越えようよ
自由に生きておとなになればいいよ
どしゃぶり雨でも　がんばれ

葉っぱにむしゃぶりついているんだよ
生きるだけ生きたらええがな
青い空に飛びたつ日が
必ずくるからなあ
祖母《ばあ》の心　凌くんに飛ばすよ

＊凌――孫の名

詩の賞をもらった男の子

小さい魂が言葉を発している
とつとつと聞こえない程の声で
マイクに向かって
自分のことばで
小学校一年生のひよわな子が。
障子に指で穴をあけて
友達と遊んでいたこと
お母さんに怒られるかな
ひやひやしている

でもお母さんには怒られなかった
よかった
そのまんまの心がでていて
よかったよ
ほんとにいい詩を書いたね
小さな
ほっとする
ドキドキする命
みずみずしく心臓がドックンドックンと
その音が聞こえるような
肩をすくめて壇上で
男の子は笑っている
聞いたみんなも
大きな口をあけ笑った

こんなふうな表彰式って
はじめて見たような気がする

にょろっと

今日は祭日じゃったけぇ
あんた　働いてきたん？　と娘に電話で聞くと
まぁ　にょろっと働いてきたわ　と言う
なんでぇ　そのにょろっとって。
すみっこの方で
一生懸命働いているふりをしとったんじゃ
そんなこと　ママなんか考えられんわ
手が痛《いと》うなるくれぇ
ごしごし　必死になって

仕事に励んだもんでぇ
まぁいちおう仕事に出るにゃあ出たけぇど
にょろっとじゃ。
おもしれぇこと言うなぁ
ほんまにあんたにゃああきれるわ
そんな気持でええんかぁ
えんじゃ　えんじゃ　そんなもんじゃ　と
娘は言う
にょろっとか　まさか　だらっとじゃあ
なかろうなぁ
あんた　ほんまに　しっかりせにゃあいけんで
一児の母なんじゃけん

気みじかなわたしとのんびり屋の娘

大根島で値段の高いぼたんの苗を買ったけど
一年目は葉だけが茂っていた
二年目は小さな蕾はかたいまま終わった
娘にそのことをぶつぶつ
文句を言って
こんなぼたん、花もつけんと
どうにもならんわ、と
なげやりな言葉をぼたんに投げた
きっとぼたんは　淋しかっただろう

そんな時娘は
踊るようにぼたんに言うのだった
花咲け　花咲け
きっと咲けるよ　花咲けよ
両手をひらひらと
ぼたんの前で笑顔で言ったものだ
三年目の今年
奇蹟のように立派な花を咲かせた
異常にしっかりした花びらで
まず花が開くかどうか不安だった
それでもおしまいには
大きく珍しい色の
しっかりとした花を二輪も
咲かせてくれた

娘はそんなぼたんの花にむいて
にこにこ笑うのみ
どんな苗でも　生きる、という性根があったら
花を咲かせるんよ
なん年もなん年もかかっても　きっと。
小さな種から
ゆっくりゆっくり
自由に育てる
育つものは育つし
絶ってゆくものもある
のんびりとして笑っている娘を
みどころがある娘じゃ、と思ったりする

そのままの姿を

畑の土地を娘にあげたら
西洋のたたずまいをした
まわりがビロードのやわらかい葉と
そのまん中から太い穂が長くのび
小さな黄色の花を咲かせている
娘に名前を聞くと
うつむいて笑い
草なんよ　と言う
マーレーン

これはバジル
るりちしゃ
小さいんじゃなぁ
ひでりじゃったらいまにも
絶えてしまいそうななぁ
クキイで草の種を買《こ》うて
うしろむきにほりなげて
蒔いたんよ　と言う
たんぽぽがぎょうさんはえとるなぁ
それはたんぽぽの花をいっぱいつんで
それをケーキに入れて焼こうと思うて。
たんぽぽの別名は〝ライオンの歯〟いうそうじゃけど
たんぽぽの葉のトゲトゲのことが
ライオンの歯のように見えてつけられたんかなぁ

草には名前がそれぞれつけられていて
別名もあるんじゃ
貴族のような貴い名前も
つけられたりしとんよ
この小さい苗はなんでぇ
これはかぼちゃを食べた種を
植えたんじゃ　お金はかけとらんけん
玉ねぎはなんとか大きゅうなっとるようじゃが
ああそれは二年ごしなん
ふたごみたいに玉があろう
小さい小さい芽を育て
すでにハーブ類が育ち　影をつくり
今は小さな穂を立て
白いほんとに小さな花を咲かせている

匂ってみるとシソのような
すがしい匂いがする
草を植えて
草の中にかぼちゃの苗が育っている
畑にきて
ハーブの葉をちぎって食べたり
小さいいちごを食べたりするんが
元気がでるらしい
ところがわたしがひとり水やりに来ていた時
大きなヘビがあらわれた
わたしもここにおります、と言わんばかりに
青色でおしゃれな模様をした身体を
誇らしげにゆっくりと
まるでファッションモデルのように見せた

青だいしょうか　お前は
わたしに姿を見せてくれたんじゃな
小さな草の間をぬって
ダンスをするように波うって。
かくれんぼは　もういやじゃけん
どんな姿でもいい　誇らしく
生きているそのままの姿を見せてくれて
うれしいよ

守る

虞美人草の茎が
ぐぐっと伸びた
それを
長い葉が
いくまいも巻いている
抱きしめるように
中にはかたく丸い蕾があった
母が子をいつまでも慈しむように
守る　ということは

こういうことなんだ　と
大切に包むこと
心をそぉっと
身体をまるごと
いのちを包む
生きているかぎり
子を守る
玉のように抱いて

Ⅱ

ふたつの思いが重なって

ちちははが亡くなり
かたづけをしていると
台所の一番高い戸袋に
古い新聞紙にくるんだもの
あけると
わたしが六歳で養女になってすぐ
保育園にいつも持っていってた
お弁当箱があった
保育園ではストーブの上に

みんなのお弁当箱をのせて
お昼には温かくなっているのを
先生が配ってくださった
一番たのしみな時間だった
三菱の職員社宅の女の子と
いつも一緒
優しい女の子だった
雨の日に〝園に行きましょう〟と
さそいに行ったら
お母さんが傘をさしかけて
その手の指が全部まがっていた
ちょっと不思議だったけれど。
ちちははがずっと大事に
新聞紙に包んでいたお弁当箱

昔のまま大切にして
一生懸命わたしを育ててくれたんじゃなあ
心にこだまとなって響く
その思い出が
友達とつながって思い出される
当時ライ病と言われ
隔離されなくてはいけなかった
三菱病院の先生が近くに住んでいて
その先生が告げたらしい
お母さんの手は
神経ライとの事
特に他の人にうつるわけではないけれど
家族全員でどこかの島に移っていった
優しい友との別れ

ちちははが大切にしてくれたお弁当箱
あの時の悲しい気持と
ちちははの思いがじいんとくる

かわいかった妹よ

妹のハスキーボイスが
電話線に乗って流れてくる
わたしの声とよく似て
〈ひろ子さん　今まで
本当にありがとう
ありがとう〉

妹の由美さんとは一番気があった

好きな歌手の
テープを貸してくれたり

たくさん話したし
まだ幼かった娘の夕起ちゃんが
夕やけこやけの歌を
聞かせてくれたっけ

夕起ちゃんが
小学一年生にあがって
近くのスーパーに
クレヨンしんちゃんのビデオを
買いに自転車に乗って行った帰り
後方不注意のゴミ収集車にひかれ亡くなった

妹はあけてもくれても泣き続け
夫は酒に溺れ
仕事が疎かになって
お金を稼いでこない
妹は働きに出た

愚痴もいっぱい、辛い思いもなんども聞いた
五十歳には手が届かず

いくどもくりかえし感謝の言葉を言うので
ふっと　おかしい、とは思っても
まさか　と

その夜遅くまで睡眠薬を飲んでも
眠れぬまま　手首を切ったりしていて
ついに明け方　五階マンションから
身を投げた

電話して切った時　すぐにも
マンションに行くべきだったろうか

わたしに似たハスキーな声
ひろ子さんと呼びかけた
優しかった由美さんと
夕起ちゃんの夕やけこやけの歌声

立ちつくして

朝の庭に
片方の翅が少しちぎれた揚羽蝶が
庭の敷石にたまった水に
翅を休めていた
おまえをつかまえて食べようとする敵から逃げたのか
ぼろぼろの姿で
それでも私の気配に驚いて
ゆらゆらと飛びたとうとして。
水やりのホースを持つ手に

揚羽をとまらせ
南天の葉に静かに置くと
又、そこから飛びたとうとしたり
下降していったりして
他の場所へと移動していった
いずれの日にか死を迎えるだろうけれど
それは今ではないんだよ
少しずつでも力を蓄えて
今は逝かないでくれ
おまえの故郷、卵を産みつけられた枸橘の葉がすぐそこだから
死にそうになった時
還ってきたのか
それでも私の目の先で
今は倒れ逝かないでくれ

わたしの心が弱く折れている今
死んでゆく姿をみせないでくれ
さみしく逝った妹を
突然去ってしまった妹を
思い出してその哀しみの糸を辿って
ふとこの朝まだきに立ちつくしているこの今
魂が突然凍りついてゆきそうなさみしい糸を
手繰ってようやく繋ぎとめている心に
重い暗い影をおとさないでくれ
それでもあまりにも明るくすみきった空の青さも
どうにかしてくれ

黙して立つ

猛烈な台風の一瞬の強い風に
二千年の命をおわらせた屋久杉は
白骨樹となって立つ
壮絶な戦いのあかし
厳しい環境に生き
すみきった水は血液
土をのがすまいと根を地上にうねるようにはった
必死の思い
突然の命のおわりの姿を

堂々と曝し
黙って立っている白い骨
その木の肌にそおっとさわると
今は血もかよってないのに
温かくわたしには思えるんだよ
一生懸命生きた
せいいっぱい生きた
白骨樹を思いっきり抱きしめたいよ
深い森の中で心の底から叫びたいよ
どんなに辛い思いを耐えしのんだか
ひとりぼっちで。
白い枯れた木肌を
壮絶な死の姿を
力いっぱい抱きしめたいよ

洗う

私は洗っている
植木鉢を
母の遺した
なんでもない　素焼きで飾り気のない
茶色の大きいの小さいの
なんこも　なんこも
朝から晩まで洗い続けている
そのままになっていたので
中になめくじもいた

ボール虫の家族も
唯ひたすら洗って洗って
あなたの遺した植木鉢
あなたが井戸を掘って水を地下からくみあげるようにした
その水を出しっぱなしにして洗い続ける
もう夕方になったのかな
母の遺した家の灯がともったから
いつまでも　いつまでも　洗い続ける
あなたの心をわたしに伝えて
こうして洗っていたら　自然に
あなたの本当の気持がわかるだろうか　と
あなたがお腹を痛めた子ではないわたし
「もし　自分の子どもがいたら」と
いつかひとこと　ぽつんと。

でもわたしはあなたの身体がなくなったから
あなたの魂に問いかける
いつも　いつも　いつまでも　いつまでも
さみしい　さみしい　親とわたしの心
そうしていると
まわりは湖になった
あの言葉を聞いた折
わたしの心は凍った
いまもその氷は解けぬまま
一日一日夜にかくれて流し続けた涙
いまは魂になったあなた　でも
わたしがなにをやっても
あなたの想像の中の実の子どもにはかなわない
不出来な　ぶさいくな

太った　スタイルの悪いわたし
わたしにかける褒め言葉はひとことも聞けなかった
だから　いつまでも洗い続ける
あなたの置いていった
植木鉢　お茶碗　お鍋　お皿
遠くでまっ暗になった夜のとばりのむこう
母の冷笑が広がる
こんなに洗い続けても
あなたの心は見えない

すがりつく

葵の葉がすでに黄色く変色しているのに
枝にしっかりとついている
どうせ色がかわったような葉は
すぐに落ちて道に散るので
朝見て、そんな葉はちぎってしまうのだが
ちぎろうとして、簡単にちぎれないのだ
ふと　手を止めた
こんなふうなのを
すがりついている、というのだろうか

わたしは〝詩を書く〟ということに
五十年もの歳月
すがりついてきたのか
まっ白に咲いた大輪の葵の花にはめもくれず
変色したまま
しっかりと枝についたその葉を
見つめつづけた

庭の土の上に枯葉

一枚のアメリカハナミズキの葉が
くるりっと身体をおもいっきりそらしたままの姿で
ころがっている
この頃の厳しい気象異常のなか
耐え忍んできた
華やかなおもいもなにもない
そばの梅の幹に黙ってころがっている
夜になってしまったね

きみと話そうか
レインボーの灯《あかり》をともすよ
この一年、夏から急に冬へと
急激な気候の変化
この地球はどうなってゆくのだろうか
このやわらかな灯で
スポットライトをあてよう
きみのせいいっぱいの姿を
照らしてあげようね
凍りつくような冬の夜
そぉっと　しいんと
キラッと　赤色
キラッと　黄色
キラッと　みず色

キラッと　だいだい色
夢という色はどんな色
冬から静かな春の足音が近づいている
耳をすませてごらん
きみが母樹《ははぎ》を離れていっても
きみの心は母樹にきっと伝わっているよ
黙っていても
わたしにはわかる　きみの心が
枯葉となっても肥料になって
母樹を思っているきみ
きみをそっとわたしの乳房で暖めてあげよう
わたしの肌で守りたい
心をこめて　わたしの心の扉をひらいて
きみの姿を　宝物にするよ

はだかのきみ　うずくような心臓の鼓動が今にも聞こえそうなきみ
きよらかなきみを

心がほどかれ

どこから吹き渡ってきたのか
風は　ははの言葉を含んで
すがすがしい香りがする
わたしは
それを思いきり吸い込んで
胸の中で更に暖めようとした
産んでくれた　はは
育ててくれた　はは
時にはひとりきりの自分をどうしようもなく

もってゆきようのない闇を感じ
死にたいような気持に
のめりこんでいったこともあった
それでも耐え続けて
今　高原に立っている
そこはニッコウキスゲの花が
自由に顔をほどき
まっ白な綿雲が
空にふんわりとして
なんの束縛もなく伸びやかだ
ほんとうの暖かな
嘘のない笑顔にであえ
心がすずしく
動かなくなった指にも

今まで隠してきた傷にも
薬が滲透してゆく
語らなくてもわかりあえる心
そんな　なんのてらいもない生き方で
残った命を
この高原に吹く風そのものに放ち
言えなかった言葉
まざりあえない気持
わかってもらえなかった辛さ
ひとつひとつを
高原に咲く花に乗せて
香り高い風に飛ばそう

Ⅲ

自然と一体になって

北極圏に住むサーメ人は
昔ながらにトナカイを放牧して暮らしている
森の中には精力がつく薬草や
足をくじいたりした折の薬草があることを知っている
客がくると川魚を燻製にしたものや
トナカイのソーセージ等でもてなす
そして案内する
川と針葉樹の原生林やまるで絵のような景色のいいところ
遠くの岩場を指していう

あれをわたし達が聖なる岩と呼んでいるんだ
いつも心に大切に思っている岩なんだ
人の顔のかたちをしている
自然と一体となって生きる
森の生きものを射て食糧にする
革製品をつくる
唯、森の生きものに感謝の心は忘れない
夏と冬
ひかりと闇の物語
神と巨人の戦い
北極圏の沈まない太陽は
あまりにも白く輝く
トロイのお話や
狩人が猟に疲れた夜、森でたき火をしてねむっていたら

森の貴婦人と呼ばれるスクーグスローがあらわれ
狩人の愛をもとめて誘惑する
背中いちめんに樹林をせおって
なやましい程あやしく美しいが
ひとたび正体がわかると
狩人は驚き逃げだす
さみしい森の貴婦人はいつもさまよっている
そんなお話が昔から口づたえに伝わっている
ひかり輝く神話の森
本物の森とゆたかな湖
スウェーデンの北極圏の白夜は
自然と人とが一体となった
すばらしい世界だ

新しい命を

庭そうじをしていると
むらさきしきぶの間から
ひょろりとぶらさがっている蟬の骸《むくろ》
ふとみると
小さな新しく咲きだしたばかりの花のむこうに
うすいフィルムがかかったように
手まねいている
気がついてみれば
庭のあちこちに

猫の古い首の骨や
うちの庭にいつか捨てられていた
大きな病気の犬
しばらく飼っていたが死んで
裏庭に埋めていた
大きめの骨があつまってきている
生きていた折の思い出話や笑い話
さまざまな　ぶつぶつとひとり言をいう声
すでに廃線になった片上鉄道の列車が
わたしの庭にきしんで止まる
ガッシャーン
胸がぎゅうとしめつけられる
遠く　遠く　空のはるか奥で
またたく星　みかづき

病気のわたし
それでも生きとるんよ
みんなそうやって
生きとんじゃから
あんただけが特別じゃないわ
どこかでふくみ笑いして答える声
樫の木のどんぐりや柿の大きな紅葉した葉
うつせみが今も葉にしがみついている
なぜかむこうに戦いの国があって
泣いている子どもの声もする
虐待されて泣くことも忘れ
ただ立っている閉じこめられた子どもの心も
かたいどんぐりの　重さもなくころがっている
原発事故で人間も牛もさまよっている

冷たくさみしげな心
朝まだきの庭に
五歳で死んでゆく黒人の子どもの
うるんだ目が
力なく銀木犀の木の枝にとまっている
蝶も片羽で飛びまわる
黙って手もとを見たら
芙蓉の葉にとまっている青虫が
しきりに命ごいをしている
わたしは青虫をそのままに
魔法使いになって
すべての命に新しい命をふきかける

母樹へ

吹きわたってくる風は
草の一本一本を柔らかくなで
空へとふきのぼる
わたしの母は
朝露の透明に輝く玉のひと粒ひと粒に
宿っている
生まれてきた大切な命
木の葉は枯れ地面に落ち砕かれても

その筋と筋の間に
母樹への思いはつながっている
地面と地の中へと
幾層もの枯葉の養分はかもされる
雨が止むと
しみわたってゆく思いが
いく枚もの落ちていった葉たちの
父や母を慕う声が
詩《うた》へと昇華してゆく
わたしは生きている
たとえ身体は土の養分となって変化しても
魂となって
風や霧や雪となって生き続ける
わたしという個が生きていた証

詩《うた》をいつまでもくちずさもう
物語を夢のなかでも綴ろう

輝く目

「月の谷」と呼ばれている
ワディラムの砂漠に
大きな岩が屹立する
夜、大きな月が昇り
降るような星空と砂漠と岩を
静かにいだくように照らしている
そんなところに
遊牧民のベドウィンは暮らす
この生活が好きだ

ここにいると心が落ち着く
テント生活をして
山羊が食べる草がなくなったら
又、移動してゆく
あのいちじくの木がみどりに茂っているだろう
そこにはきっときれいな水場があるのさ
ずっとずっと昔の人達が
つくって残してくれたものを
大切に使っている
大きな岩には　その壁に
昔の人が描いた絵がある
女の人は大きく描かれ
ひとりの女の人の開いた足の間に
赤ちゃんが産まれている

その神秘
右手のむこうに描かれたもの
それはヘビ
古来からヘビは
人間に命と恵みを与えてくれる象徴なんだ
朝食の山羊のお乳をしぼったミルクからつくったヨーグルトを
十人の子供達と輪になって食べながら
キラキラした目をしている
政府は定住化をすすめているが
おれたちは
そんなまっ暗な家には住めないよ
昔からの放牧生活が好きなんだよ
仲間が手伝ってくれて
移住してすぐテントを張り

焚火をする
そして客人に熱くて甘い紅茶をすすめる
世界遺産になった大きな岩のすき間に
以前、女の人のミイラがみつかったという
乾燥地なのできれいに保存されていたミイラ
脈々と続く
祖先の生きた生活
その中にこそおれたちは生きた血の
ドクドク流れる音の聞こえるような
移動生活が
自由で　一番しょうにあってるんだよ、と
笑う

鞆の浦のそぞろ歩き

心が波だち淋しい時は鞆の浦に足を運ぶ
古来から瀬戸内海の要港で
潮待ち港や廻船の寄港地として栄えた
そんな波静かな港は私の心によりそい包んでくれる
キラキラと陽に輝く海は穏やかで鯛漁が盛ん
港の近くに鯛めしを食べさせてくれる鯛亭
年配のご夫婦の店でふわふわの御飯と
やわらかなほどよい塩かげんの鯛の身
古希《こき》の歳となった私はお祝も含めいただく

大伴旅人の「吾妹子《わぎもこ》が見し鞆の浦のむろの木は
常世《とこよ》にあれど見し人ぞなき」の歌碑を
静かに両手でなでてみる
仙酔島・弁天島・皇后島など含む
瀬戸内海国立公園に指定されている景勝地
うらうらとひとり港を歩けば
うちよせる波もよせてはかえし
孤独な心をなごやかに落ち着かせてくれる
日本一高い常夜燈は江戸時代の灯台
いにしえのにぎわった歴史を感じる
静かに港を歩むと波がささやくようだ
寺や神社が多く
太田家住宅では江戸初期に保命酒を始め
国の重要文化財の指定を受け

私も命を一日でもながらえたいと
保命酒を少しずついただいている
ていねいに大切につくられていることが
よくわかる
心も身体もリフレッシュ
一日ははやくも夕陽が落ち
港と私は再会を約束し帰路につく

*万葉集三（４４６）　大伴旅人が鞆へ立ち寄り、むろの木に託して亡き妻を偲んだ歌

この広い海のなかから

「日本国天皇は故　吉田正夫　を
　勲八等に叙し白色桐葉章を贈る
　第六八六八六二号」
太平洋戦争
海軍で海の藻屑と消えたおじさん
仏壇の奥で笑っている写真は
水兵さんと歌われる服装をしている
遺骨もない
立派にかたどられた桐葉勲章

深い紫の布を敷かれた箱にはいっている
おばあさんには国から毎月お金がさがっていた
おばあさんが亡くなった後も
母とわたしとで分けるかたちで特別弔慰金がおりた
時々　夕日に染まる海を見ると
静かに静かにさざ波が広がる
太陽が沈む前に
わたしに語りかけるような
ひそやかな風が頬をなでる
正夫さん　と呼びかけてみる
海底で
骨がさみしげにゆれていることでしょう
あなたは今この地図の
どのあたりに沈んでいるのでしょう

戦いとは　死んでも祖国に帰れない兵隊さん達のことですね
いとし子の骨さえも胸にいだけぬ母を
いく人もうむことなんですね
地球上に戦争が未だになくならないのは
なぜですか
母の涙のしずくが海にとけたら
よせてはかえす波の音にまじって
亡き息子の声が聞こえてくるでしょう
この凍える魂をこの海からすくいあげてください　と

＊故吉田正夫に贈られた第六八六八六二号の勲記は昭和十七年六月七日における叙勲の内示に係るものである。

昭和四十一年十二月二十八日

総理府賞勲局長　岩倉規夫

影絵の仏

襖にシャンデリアの影が
三重に映っている
濃淡をかえ
ハンガーに架けている夏の透けたブラウスの影
今　文字を走らせているそのペン先からも
影がひろがっているが
その影は俯いた仏の横顔そのものではないか
漂ってくる哀しい思い
書いても書いても

拙い詩のかずかず
唯心に激しくうち敲くものがあるのを
必死でお釈迦様の一筋の蜘蛛の糸のように
とり縋って
カンダタそのものの私の心を
静かに憂えてくれるのか
詩の一行を立たせる為に
蟬が木にとり縋り鳴き続ける
その行為そのものを
そっと仏は見つめてくださっているのか
黙って三重の影絵となって
頷いて見守ってくれているのか

空蟬《うつせみ》が

南天の葉のちぎれそうな先っぽに
ぶらさがって
風に揺れている
からっぽの身体に
虹がつまっている
すきとおった夢が歌いだす
分身は遠くに羽搏き
仲間と一緒に
あんなに力強く鳴き集《すだ》く

遠くの方から友の声がする
わたしは今、鈴虫を飼ってるの
そお、と
充たされた友の生活を思う
羨む心もプラスされているのかもしれない
友の目をのぞくと
主人、ガンで手術したの
静かに忍んだ声
良い事ばかりありゃぁせんわ
空蟬が風鈴のように　ちりん、と鳴く
空蟬の友達は草の精
草のきっ先に輝きながら
とまっている
はだかんぼのおてんばさん

起きぬけの顔をして欠伸《あくび》をしている
人生は儚く短いもの
月の夜は
空蟬と草の精は一緒に仲良くぶらさがる

母樹を離れて

落葉をじいっと見つめていると
すこうし青みが残っているのもある
一生懸命生きていたんだね
青春の季節も
身体にやきつけてきたんだろうね
一日一日歳を重ね
今は母樹を離れ
地上にねむる
それでもまだ青春の残り香をたたえて

私は落葉と同じ地面に身体を横たえる
葉っぱに耳をすますと
囁くような声が聞こえる
母の胸で聞いた子守歌
もう少し
もう少し生きて
地面の中で生きている虫の歌や
野菜の歌　木蓮の木の根の間に
そおっとしのんでいる蛾が
病いをえて
今息絶えようとして
身をあずけている
母の優しく撫でる手が
ふっと

風に流れ
暖かい吐息が
もうすぐ　もうすぐ
終わりの時
微笑んで
湿った土の上に
身を横たえたまま

あとがき

いっとろべはひっつき虫。

スカートなどに付くと、とるのが大変。困りものだけど、その根は薬になるそうな。

困った存在の草も私の庭には伸びています。長い詩作の小道。おおぜいの人達とかかわってきました。深く感謝申し上げます。

そして思潮社の遠藤さま、お世話になりました。

詩集『いのち』以後の詩が集まりました。

困った存在だと思われても役に立たなくても私の詩のかずかず、伸び伸びと茂っています。

平成二十八年

吉田博子

吉田博子（よしだ　ひろこ）

昭和十八年十二月八日、備前市生まれ

既刊詩集
『影について』、『わたしの冠』、『野鳥へのたより』、『立つ』、『咲かせたい』、『いのち』等

現住所
〒七一〇―〇八〇三　倉敷市中島二三八一―三

母樹《ははぎ》

著者
吉田博子《よしだひろこ》

発行者
小田久郎

発行所
株式会社思潮社
〒一六二―〇八四二　東京都新宿区市谷砂土原町三―十五
電話〇三（三二六七）八一五三（営業）・八一四一（編集）
ＦＡＸ〇三（三二六七）八一四二

印刷所
三報社印刷株式会社

製本所
小高製本工業株式会社

発行日
二〇一六年十二月十日